Franz Grillparzer

Der Gastfreund; Trauerspiel In Einem Aufzug

in Großdruckschrift

Franz Grillparzer

Der Gastfreund; Trauerspiel In Einem Aufzug

in Großdruckschrift

Reproduktion des Originals.

1. Auflage 2023 | ISBN: 978-3-38731-428-1

Megali Verlag ist ein Imprint der Outlook Verlagsgesellschaft mbH.

Verlag: Outlook Verlag GmbH, Zeilweg 44, 60439 Frankfurt, Deutschland
Vertretungsberechtigt: E. Roepke, Zeilweg 44, 60439 Frankfurt, Deutschland
Druck: Books on Demand GmbH, In de Tarpen 42, 22848 Norderstedt, Deutschland

DER GASTFREUND

FRANZ GRILLPARZER

TRAUERSPIEL IN EINEM AUFZUG

Personen:

Aietes, König von Kolchis
Medea, seine Tochter
Gora, Medeens Amme
Peritta, eine ihrer Jungfrauen
Phryxus
Jungfrauen Medeens
Griechen in Phryxus' Gefolge
Kolcher

Kolchis. (Wilde Gegend mit Felsen und Bäumen, im Hintergrunde das Meer. Am Gestade desselben ein Altar, von unbehauenen Steinen zusammengefügt, auf dem die kolossale Bildsäule eines nackten, bärtigen Mannes steht, der in seiner Rechten eine Keule, um die Schultern ein Widderfell trägt. Links an den Szenen des Mittelgrundes der Eingang eines Hauses mit Stufen und rohen Säulen. Tagesanbruch.) Medea, Gora, Peritta, Gefolge von Jungfrauen. (Beim Aufziehen des Vorhanges steht Medea im Vorgrunde mit dem Bogen in der Hand in der Stellung einer, die eben den Pfeil abgeschossen. An den Stufen des Altars liegt ein, von einem Pfeile durchbohrtes Reh.)

Jungfrauen (die entfernt gestanden, zum Altare hineilend).
Das Opfer blutet!

Medea (in ihrer vorigen Stellung).
 Traf's?

Eine der Jungfrauen.
 —Gerad' ins Herz!

Medea (indem sie den Bogen abgibt).
 Das deutet Gutes; laßt uns eilen denn!
 Geh' eine hin und spreche das Gebet.

Gora (zum Altar tretend).
 Darimba, mächtige Göttin
 Menschenerhalterin, Menschentöterin
 Die den Wein du gibst und des Halmes Frucht
 Gibst des Weidwerks herzerfreuende Spende
 Und des Todfeinds Blut:
 Darimba, reine, magdliche
 Tochter des Himmels,
 Höre mich!

Chor.
 Darimba, mächtige Göttin,
 Darimba! Darimba!

Gora.
 Sieh ein Reh hab' ich dir getötet
 Den Pfeil schnellend vom starken Bogen
 Dein ist's! Laß dir gefallen sein Blut!
 Segne das Feld und den beutereichen Wald

Gib, daß wir recht tun und siegen in der Schlacht
Gib, daß wir lieben den Wohlwollenden
Und hassen den, der uns haßt.
Mach' uns stark und reich, Darimba,
Mächtige Göttin!

Chor.
Darimba, Darimba!

Gora.
Das Opfer am Altar zuckt und endet,
So mögen deine Feinde enden, Darimba!
Deine Feinde und die unsern!
Es ist Medea, Aietes' Tochter,
Des Herrschers von Kolchis fürstliches Kind
Die empor in deine Wohnungen ruft
Höre mich, höre mich
Und erfülle was ich bat!

Chor (mit Zimbeln und Handpauken zusammen schlagend).
Darimba, Darimba!
Mächtige Göttin!
Eriho! Jehu!

Medea.
Und somit genug! Das Opfer ist gebracht,
Vollendet das zögernde Geschäft.
Nun Pfeil und Bogen her, die Hunde vor,
Daß von des Jagdlärms hallendem Getos

Der grüne Wald ertöne nah und fern!
Die Sonne steigt. Hinaus! hinaus!
Und die am schnellsten rennt und die am leichtsten springt
Sei Königin des Tags.—
Du hier Peritta? Sagt' ich dir nicht,
Daß du mich meiden sollst und gehn? So geh!

Peritta (knieend).
Medea!

Medea.
Kniee nicht! Du sollst nicht knien!
Hörst du? In deine Seele schäm' ich mich.
So feig, so zahm!—Mich schmerzt nicht dein Verlust,
Mich schmerzt, daß ich dich jetzt verachten muß
Und hab' dich einst geliebt!

Peritta.
O wüßtest du!

Medea.
Was denn?—Stahlst du dich neulich von der Jagd
Und gingst zum Hirten ins Tergener Tal?
Tatst du's? Sprich nein! Du Falsche, Undankbare!
Versprachst du nicht du wolltest mein sein, mein
Und keines Manns? Sag' an, versprachst du's?

Peritta.
Als ich's gelobte wußt' ich damals—

Medea.

 Schweig!
Was braucht's zu wissen, als daß du's versprachst.
Ich bin Aietes' königliches Kind
Und was ich tu' ist recht weil ich's getan.
Und doch, du Falsche! hätt' ich dir versprochen
Die Hand hier abzuhaun von meinem Arm
Ich tät's; fürwahr ich tät's, weil ich's versprach.

Peritta.

 Es riß mich hin, ich war besinnungslos,
 Und nicht mit meinem Willen, nein—

Medea.

 Ei hört!
Sie wollte nicht und tat's!—Geh du sprichst Unsinn.
Wie konnt' es denn geschehn
Wenn du nicht (wolltest). Was ich tu' das will ich
Und was ich will—je nu das tu' ich manchmal (nicht).
Geh hin in deines Hirten dumpfe Hütte
Dort kaure dich in Rauch und schmutz'gen Qualm
Und baue Kohl auf einer Spanne Grund.
Mein Garten ist die ungemeßne Erde
Des Himmels blaue Säulen sind mein Haus
Da will ich stehn des Berges freien Lüften
Entgegen tragend eine freie Brust
Und auf dich niedersehn und dich verachten.
Hallo! in Wald! Ihr Mädchen in den Wald!

(Indem sie abgeben will kömmt von der andern Seite ein)
Kolcher.

Kolcher.
 Du Königstochter, höre!

Medea.
 Was? Wer ruft?

Kolcher.
 Ein Schiff mit Fremden angelangt zur Stund'!

Medea.
 Dem Vater sag' es an. Was kümmert's mich!

Kolcher.
 Wo weilt er?

Medea.
 Drin im Haus!

Kolcher.
 Ich eile!

Medea.
 Tu's!

   (Der Bote ab ins Haus.)

Medea.
 Daß diese Fremden uns die Jagdlust stören!

Ihr Schiff, es ankert wohl in jener Bucht,
Die sonst zum Sammelplatz uns dient der Jagd.
Allein was tut's! Bringt lange Speere her
Und nahet ein Kühner, zahl' er's mit Blut!
Nur Speere her! doch leise, leise, hört!
Denn säh's der Vater wehren möcht' er es.
Kommt!—Dort das Mal von Steinen aufgehäuft
Seht ihr's dort oben? Wer erreicht's zuerst?
Stellt euch!—Nichts da! Nicht vorgetreten! Weg!
Wer siegt hat auf der Jagd den ersten Schuß:
So, stellt euch und wenn ich das Zeichen gebe
Dann wie der Pfeil vom Bogen fort! Gebt Acht!
Acht!—Jetzt!—
Aietes (ist unterdessen aus dem Hause getreten, mit ihm
der) Bote,
(der gleich abgeht.)

Aietes.
 Medea!

Medea (sich umwendend aber ohne ihren Platz zu
verändern).
 Vater!

Aietes.
 Du, wohin?

Medea.
 In Wald!

Aietes.
 Bleib jetzt!

Medea.
 Warum?

Aietes.
 Ich will's. Du sollst.

Medea.
 So fürchtest du, daß jene Fremden—

Aietes.
 Weißt du also?—

   (Näher tretend, mit gedämpfter Stimme.)

Angekommen Männer
 Aus fernem Land
 Bringen Gold, bringen Schätze,
 Reiche Beute.

Medea.
 Wem?

Aietes.
 Uns, wenn wir wollen.

Medea.
 Uns?

Aietes. 's sind Fremde, sind Feinde, Kommen zu verwüsten
unser Land.

Medea.
 So geh hin und töte sie!

Aietes.
 Zahlreich sind sie und stark bewehrt
 Reich an List die fremden Männer,
 Leicht töten sie (uns.)

Medea.
 So laß sie ziehn!

Aietes.
 Nimmermehr.
 Sie sollen mir—

Medea.
 Tu was du willst
 Mich aber laß zur Jagd!

Aietes.
 Bleib, sag' ich, bleibe

Medea.
 Was soll ich?

Aietes.
 Helfen! Raten!

Medea.
Ich?

Aietes.
Du bist klug, du bist stark.
Dich hat die Mutter gelehrt
Aus Kräutern, aus Steinen
Tränke bereiten,
Die den Willen binden
Und fesseln die Kraft.
Du rufst Geister
Und besprichst den Mond
Hilf mir, mein gutes Kind!

Medea.
Bin ich dein gutes Kind!
Sonst achtest du meiner wenig.
Wenn ich will, willst du (nicht)
Und schiltst mich und schlägst nach mir;
Aber wenn du mein bedarfst
Lockst du mich mit Schmeichelworten
Und nennst mich Medea, dein liebes Kind.

Aietes.
Vergiß Medea was sonst geschehn.
Bist doch auch nicht immer wie du solltest.
Jetzt steh mir bei und hilf mir.

Medea.
 Wozu?

Aietes.
 So höre denn mein gutes Mädchen!—
 Das Gold der Fremden all und ihre Schätze—
 Gelt lächelst?

Medea.
 Ich?

Aietes.
 Ei ja, das viele Gold
 Die bunten Steine und die reichen Kleider
 Wie sollen die mein Mädchen zieren!

Medea.
 Ei immerhin!

Aietes.
 Du schlaue Bübin, sieh,
 Ich weiß dir lacht das Herz nach all der Zier!

Medea.
 Kommt nur zur Sache, Vater!

Aietes.
 Ich—
 Heiß dort die Mädchen gehn!

Medea.
Warum?

Aietes.
Ich will's!

Medea.
Sie sollen ja mit mir zur Jagd.

Aietes.
Heut keine Jagd'

Medea.
Nicht?

Aietes.
Nein sag' ich und nein! und nein!

Medea.
Erst lobst du mich und—

Aietes.
Nun, sei gut, mein Kind!
Komm hierher! Weiter! hierher, so!
Du bist ein kluges Mädchen, dir kann ich trauen.
Ich—

Medea.
Nun!

Aietes.
Was siehst du mir so starr ins Antlitz?

Medea.
Ich höre Vater!

Aietes.
O ich kenne dich!
Willst du den Vater meistern, Ungeratne?
I ch entscheide was gut, was nicht.
Du (gehorchst). Aus meinen Augen Verhaßte!

(Medea geht.)

Bleib!—Wenn du wolltest, begreifen wolltest—
Ich weiß du kannst, allein du willst es nicht!
—So sei's denn, bleib aus deines Vaters Rat
Und diene, weil du dienen willst.

(Man hört in der Ferne kriegerische Musik.)

Aietes.
Was ist das? Weh sie kommen uns zuvor!
Siehst du Törin?
Die du schonen wolltest, sie töten uns!
In vollem Zug hierher die fremden Männer!
Weh uns! Waffen! Waffen!

(Der Bote kommt wieder.)

Bote.
Der Führer, Herr, der fremden Männer!—

Aietes.
Was will er? Meine Krone, mein Leben?
Noch hab' ich Mut, noch hab' ich Kraft
Noch wallt Blut in meinen Adern
Zu tauschen Tod um Tod!

Bote.
Er bittet um Gehör.

Aietes.
Bittet?

Bote.
Freundlich sich mit dir zu besprechen
Zu stiften friedlichen Vergleich.

Aietes.
Bittet? und hat die Macht in Händen,
Findet uns unbewehrt, er in Waffen,
Und bittet, der Tor!

Bote.
In dein Haus will er treten,
Sitzen an deinem Tische,
Essen von deinem Brot
Und dir vertrauen
Was ihn hierher geführt.

Aietes.
Er komme, er komme.
Hält er Friede nur zwei Stunden,
Später fürcht' ich ihn nicht mehr.
Sag' ihm, daß er nahe,
Aber ohne Schild ohne Speer,
Nur das Schwert an der Seite,
Er und seine Gesellen.
Dann aber geh und biet auf die Getreuen
Rings herum im ganzen Lande
Heiß sie sich stellen gewappnet, bewehrt
Mit Schild und Panzer mit Lanz' und Schwert
Und sich verbergen im nahen Gehölz
Bis ich winke, bis ich rufe.—Geh!

(Bote ab.)

Ich will dein lachen du schwacher Tor!
Du aber Medea, sei mir gewärtig!
Einen Trank, ich weiß es, bereitest du
Der mit sanfter, schmeichelnder Betäubung
Die Sinn' entbindet ihres Diener-Amts
Und ihren Herrn zum Sklaven macht des Schlafs.
Geh hin und hole mir von jenem Trank!

Medea.
Wozu?

Aietes.
Geh, sag' ich, hin und hol' ihn mir!
Dann komm zurück. Ich will sie zähmen diese Stolzen!

(Medea ab.)

Aietes

(gegen den Altar im Hintergrunde gewandt).) Peronto,
meiner Väter Gott! Laß gelingen, was ich sinne Und teilen
will ich, treu und redlich Was wir gewinnen von unsern
Feinden. (Kriegerische Musik.) Bewaffnete Griechen (ziehen
auf, mit grünen Zweigen in der Hand. Der letzte geht)
Phryxus, (in der linken Hand gleichfalls einen grünen Zweig,
in der Rechten ein goldenes Widderfell, in Gestalt eines
Panieres auf der Lanze tragend.) Bewaffnete Kolcher (treten
von der andern Seite ein. Die Musik schweigt.) (Indem
Phryxus an dem im Hintergrunde befindlichen Altar und der
darauf stehenden Bildsäule vorbeigeht, bleibt er, wie von
Erstaunen gefesselt stehn, dann spricht er:)

Phryxus.
Kann ich den Augen traun?—Er ist's, er ist's!
Sei mir gegrüßt, du freundliche Gestalt,
Die mich durch Wogensturm und Unglücksnacht
Hierher geführt an diese ferne Küste,
Wo Sicherheit und einfach stille Ruh
Mit Kindesblicken mir entgegen lächeln.
Dies Zeichen, das du mir als Pfand der Rettung

In jener unheilvollen Stunde gabst
Und das, wie der Polarstern vor mir leuchtend,
Mich in den Hafen eingeführt des Glücks,
Ich pflanz' es dankbar auf vor deinem Altar
Und beuge betend dir ein frommes Knie,
Der du ein Gott mir warest in der Tat
Wenn gleich dem Namen nach, mir Fremden, nicht!

(Er knieet.)

Aietes (im Vorgrunde).
 Was ist das?
 Er beugt sein Knie dem Gott meiner Väter!
 Denk' der Opfer, die ich dir gebracht,
 Hör' ihn nicht Peronto,
 Höre den Fremden nicht!

Phryxus (aufstehend).
 Erfüllet ist des Dankens süße Pflicht.
 Nun führt zu eurem König mich! Wo weilt er?

(Die Kolcher weichen schweigend und scheu zu beiden
Seiten aus dem
 Wege.)

Phryxus (erblickt den König, auf ihn zugehend).
 In dir grüß' ich den Herrn wohl dieses Landes?

Aietes.
 Ich bin der Kolcher Fürst!

Phryxus.
 Sei mir gegrüßt!
 Es führte Göttermacht mich in dein Reich,
 So ehr' in mir den Gott, der mich beschützt.
 Der Mann, der dort auf jenem Altar thront,
 ist er das Bildnis eines der da lebte?
 Wie, oder ehrt ihr ihn als einen Himmlischen?

Aietes.
 Es ist Peronto, der Kolcher Gott.

Phryxus.
 Peronto! Rauher Laut dem Ohr des Fremden,
 Wohltönend aber dem Geretteten.
 Verehrst du jenen dort als deinen Schützer
 So liegt ein Bruder jetzt in deinem Arm,
 Denn (Brüder) sind ja Eines Vaters Söhne.

Aietes (der Umarmung ausweichend).
 Schützer er dir?

Phryxus.
 Ja, du sollst noch hören.
 Doch laß mich bringen erst mein Weihgeschenk.

 (Er geht zum Altar und stößt vor demselben sein Panier in
den Boden.)

 Medea (kommt mit einem Becher.)

Medea (laut).
 Hier Vater ist der Trank!

Aietes (sie gewaltsam auf die Seite ziehend, leise).
 Schweig Törichte!
 Siehst du denn nicht?

Medea.
 Was?

Aietes.
 Den Becher gib der Sklavin
 Und schweig!

Medea.
 Wer ist der Mann?

Aietes.
 Der Fremden Führer, schweig!

Phryxus (vom Altare zurückkommend).
 Jetzt tret' ich leicht erst in dein gastlich Haus!
 Doch wer ist dieses blühend holde Wesen,
 Das, wie der goldne Saum der Wetterwolke
 Sich schmiegt an deine krieg'rische Gestalt?
 Die roten Lippen und der Wange Licht
 Sie scheinen Huld und Liebe zu verheißen,
 Streng widersprochen von dem finstern Aug,
 Das blitzend wie ein drohender Komet
 Hervorstrahlt aus der Locken schwarzem Dunkel.

Halb Charis steht sie da und halb Mänade,
Entflammt von ihres Gottes heil'ger Glut.
Wer bist du, holdes Mädchen?

Aietes.
Sprich Medea!

Medea (trocken).
Medea bin ich, dieses Königs Kind!

Phryxus.
Fürwahr ein Kind und eine Königin!
Ich nehm' dich an als gute Vorbedeutung
Für eine Zukunft, die uns noch verhüllt.
O lächle Mädchenbild auf meinen Eintritt!
Vielleicht, wer weiß, ob nicht dein Vater,
Von dem ich Zuflucht nur und Schutz verlangt,
Mir einst noch mehr gibt, mehr noch, o Medea!

Aietes.
Was also, Fremdling, ist dein Begehr?

Phryxus.
So höre denn was mich hierher geführt,
Was ich verloren, Herr, und was ich suche.
Geboren bin ich in dem schönen Hellas,
Von Griechen, ich ein Grieche, reinen Bluts.
Es lebet niemand, der sich höhrer Abkunft,
Sich edlern Stammes rühmen kann als ich,

Denn Hellas' Götter nenn' ich meine Väter
Und meines Hauses Ahn regiert die Welt.

Medea (sich abwendend).
Ich gehe Vater um—

Aietes.
Bleib hier und schweig!

Phryxus.
Von Göttern also zieh' ich mein Geschlecht!
Allein mein Vater, alten Ruhms vergessend
Und jung-erzeugter Kinder Recht und Glück,
Erkor zur zweiten Eh' ein niedrig Weib,
Das, neidisch auf des ersten Bettes Sprossen
Und üb'rall Vorwurf sehend, weil sie selbst
Sich Vorwurf zu (verdienen) war bewußt,
Den Zorn des Vaters reizte gegen mich.
Die Zwietracht wuchs und Häscher sandt' er aus
Den Sohn zu fahn, vielleicht zu töten ihn.
Da ging ich aus der Väter Haus und floh
In fremden Land zu suchen heimisch Glück.
Umirrend kam ich in die Delpherstadt
Und trat, beim Gotte Rat und Hilfe suchend
In Phöbos' reiches, weitberühmtes Haus.
Da stand ich in des Tempels weiten Hallen,
Mit Bildern rings umstellt und Opfergaben,
Erglühend in der Abendsonne Strahl.

Vom Schauen matt und von des Weges Last
Schloß sich mein Aug und meine Glieder sanken;
Dem Zug erliegend schlummerte ich ein.
Da fand ich mich im Traum im selben Tempel
In dem ich schlief, doch wachend und allein
Und betend zu dem Gott um Rat. Urplötzlich
Umflammt mich heller Glanz und einen Mann
In nackter Kraft, die Keule in der Rechten,
Mit langem Bart und Haar, ein Widderfell
Um seine mächt'gen Schultern, stand vor mir
Und lächelte mit milder Huld mich an.
("Nimm Sieg und Rache hin!") sprach er, und löste
Das reiche Vließ von seinen Schultern ab
Und reichte mir's; da, schütternd, wacht' ich auf.
Und siehe! von dem Morgenstrahl beleuchtet
Stand eine Blende schimmernd vor mir da
Und drin aus Marmor künstlich ausgehaun
Derselbe Mann, der eben mir erschienen
Mit Haar und Bart und Fell, wie ich's gesehn.

Aietes (auf die Bildsäule im Hintergrunde zeigend).
Der dort?

Phryxus.
Ihm glich er wie ich mir.
So stand er da in Götterkraft und Würde,
Vergleichbar dem Herakles, doch nicht er.
Und an dem Fußgestell des Bildes war

Der Name (Kolchis) golden eingegraben.
Ich aber deutete des Gottes Rat;
Und nehmend was er rätselhaft mir bot
Löst' ich, ich war allein, den goldnen Schmuck
Vom Hals des Bildes, und in Eile fort.
Des Vaters Häscher fand ich vor den Toren
Sie wichen scheu des Gottes Goldpanier
Die Priester neigten sich, das Volk lag auf den Knieen
Und vor mir her es auf der Lanze tragend
Kam ich durch tausend Feinde bis ans Meer.
Ein schifft' ich mich und hoch als goldne Wimpel
Flog mir das Vließ am sturmumtobten Mast
Und wie die Wogen schäumten, Donner brüllten
Und Meer und Wind und Hölle sich verschworen
Mich zu versenken in das nasse Grab
Versehrt ward mir kein Haar und unverletzt
Kam ich hierher an diese Rettungsküste
Die vor mir noch kein griech'scher Fuß betrat.
Und jetzo geht an dich mein bittend Flehn
Nimm auf mich und die Meinen in dein Land,
Wo nicht so fass' ich selber Sitz und Stätte
Vertrauend auf der Götter Beistand, die
Mir (Sieg und Rache) durch dies Pfand verliehn!
- Du schweigst?

Aietes.
 Was willst du, daß ich sage?

Phryxus.
 Gewährst du mir ein Dach, ein gastlich Haus?

Aietes.
 Tritt ein, wenn dir's gutdünkt, Vorrat ist
 Von Speis' und Trank genug. Dort nimm und iß!

Phryxus.
 So rauh übst du des Wirtes gastlich Amt?

Aietes.
 Wie du dich gibst so nehm' ich dich.
 Wer in des Krieges Kleidung Gabe heischt
 Erwarte nicht sie aus des Friedens Hand.

Phryxus.
 Den Schild hab' ich, die Lanze abgelegt.

Aietes.
 Das Schwert ist, denkst du gegen uns genug?
 Doch halt' es wie du willst.

  (Leise zu Medea.)

 Begehr' sein Schwert!

Phryxus.
 Noch eins! An reichem Schmuck und köstlichen Gefäßen
 Bring' ich so manches, was ich sichern möchte.
 Du nimmst es doch in deines Hauses Hut?

Aietes.
Tu, wie du willst!

(Zu Medea.)

Sein Schwert sag' ich begehr'!

Phryxus.
Nun denn, Gefährten, was wir hergebracht
Gerettet aus des Glückes grausem Schiffbruch,
Bringt es hierher in dieser Mauern Umfang
Als Grundstein eines neuen, festern Glücks.

Aietes (zu Medea).
Des Fremden Schwert!

Medea.
Wozu?

Aietes.
Sein Schwert sag' ich!

Medea (zu Phryxus).
Gib mir dein Schwert!

Phryxus.
Was sagst du holdes Kind?

Aietes.
Fremd ist dem Mädchen eurer Waffen Anblick

Bei uns geht nicht der Friedliche bewehrt.
Auch ist's euch lästig.

Phryxus (zu Medeen).
  Sorgest du um mich?

  (Medea wendet sich ab.)

  Sei mir nicht bös! Ich weigr' es dir ja nicht!

  (Er gibt ihr das Schwert.)

Den Himmlischen vertrau' ich mich und dir!
Wo du bist da ist Frieden. Hier mein Schwert!
Und jetzo in dein Haus, mein edler Wirt!

Aietes.
  Geht nur, ich folg' euch bald!

Phryxus.
  Und du Medea?
  Laß mich auch dich am frohen Tische sehn!
  Kommt Freunde teilt die Lust wie ehmals die Gefahr!

  (Ab mit seinen Gefährten.)

  (Medea setzt sich auf eine Felsenbank im Vorgrunde und
beschäftigt sich mit ihrem Bogen, den sie von der Erde
aufgehoben hat. Aietes steht auf der andern Seite des
Vorgrundes und verfolgt mit den Augen die Diener des

Phryxus, die Gold und reiche Gefäße ins Haus tragen.—
Lange Pause.)

Aietes.
 Medea!

Medea.
 Vater!

Aietes.
 Was denkst du?

Medea.
 Ich? Nichts!

Aietes.
 Vom Fremden mein' ich,

Medea.
 Er spricht und spricht;
 Mir widert's!

Aietes (rasch auf sie zugehend).
 Nicht wahr? Spricht und gleißt
 Und ist ein Bösewicht,
 Ein Gottverächter, ein Tempelräuber!
 Ich töt' ihn!

Medea.
 Vater!

Aietes.

Ich tu's!
Soll er davon tragen all den Reichtum
Den er geraubt, dem Himmel geraubt?
Erzählt' er nicht selbst, wie er im Tempel
Das Vließ gelöst von der Schulter des Gottes,
Des Donnerers, Perontos,
Der Kolchis beschützt.
Ich will dir ihn schlachten Peronto!
Rache sei dir, Rache!

Medea.

Töten willst du, den Fremden, den Gast?

Aietes.

Gast?
Hab' ich ihn geladen in mein Haus?
Ihm beim Eintritt Brot und Salz gereicht
Und geheißen sitzen auf meinem Stuhl?
Ich hab' ihm nicht Gastrecht geboten,
Er nahm sich's, büß' er's der Tor!

Medea.

Vater! Peronto rächet den Mord!

Aietes.

Peronto (gebeut) ihn.
Hat der Freche nicht an ihm gefrevelt?
Sein Bild beraubt in der Delpherstadt?

Führt der Erzürnte ihn nicht selbst her
Daß ich ihn strafe, daß ich räche
Des Gottes Schmach und meine?
Das Vließ dort am glänzenden Speer,
Des Gottes Kleid, der Kolcher Heiligtum
Soll's ein Fremder, ein Frevler entweihn?
Mein ist's, mein! Mir sendet's der Gott
Und (Sieg und Rache) geknüpft an dies Pfand
Den Unsern werd' es zu Teil!
Tragt nur zu des kostbaren Guts!
Ihr führet die Ernte mir ein!
Sprich nicht und komm! daß er uns nicht vermißt
Gefahrlos sei die Rach' und ganz!
Komm, sag' ich, komm!

(Beide ab ins Haus.)

(Ein Kolchischer Hauptmann mit Bewaffneten tritt auf.)

Hauptmann.
 Hierher beschied man uns. Was sollen wir?

Ein Kolcher

(aus dem Hause).) Heda!

Hauptmann.
 Hier sind wir!

Kolcher.
 Leise!

Hauptmann.
 Sprich! Was soll's?

Kolcher.
 Verteilt euch rechts und links und wenn ein Fremder—
 Doch still jetzt! Einer naht!—Kommt! hört das Weitre!

 (Alle ab.)

Phryxus (mit ängstlichen Schritten aus dem Hause).
 Ihr Götter! Was ist das? Ich ahne Schreckliches.
 Es murmeln die Barbaren unter sich
 Und schaun mit höhn'schen Lächeln hin auf uns.
 Man geht, man kommt, man winkt, man lauert.
 Und die Gefährten, einer nach dem andern
 Sinkt hin in dumpfen Schlaf; ob Müdigkeit,
 Ob irgend ein verruchter Schlummertrank
 Sie einlullt weiß ich nicht. Gerechte Götter!
 Habt ihr mich hergeführt, mich zu verderben?
 Nur eines bleibt mir noch: Flucht auf mein Schiff.
 Dort samml' ich die Zurückgebliebenen,
 Und dann zur Rettung her, zur Hilfe—Horch!

 (Schwertgeklirr und dumpfe Stimmen im Hause.)

Man ficht!—Man tötet!—Weh mir, weh!—zu spät!
 Nun bleibt nur Flucht. Schnell eh die Mörder nahn!

(Er will gehn.)

Krieger (mit gefällten Spießen treten ihm entgegen).
 Zurück!

Phryxus.
 Ich bin verraten!—Hier!

 (Von allen Seiten treten Bewaffnete mit gesenkten Speeren
ihm entgegen.)

Gewaffnete.
 Zurück!

Phryxus.
 Umsonst! Es ist vorbei!—Ich folg' euch Freunde!

 (An den Altar hineilend.)

Nun denn, du Hoher, der mich hergeführt,
 Bist du ein Gott, so schirme deinen Schützling!
 Aietes (mit bloßem Schwert aus dem Hause.) Medea (hinter
ihm.)
 Gefolge.

Aietes.
 Wo ist er?

Medea.
 Vater, höre!

Aietes.
 Wo, der Fremdling?
 Dort am Altar. Was suchst du dort?

Phryxus.
 Schutz such' ich!

Aietes.
 Gegen wen? Komm mit ins Haus!

Phryxus.
 Hier steh' ich und umklammre diesen Altar,
 Den Göttern trau' ich; o daß ich es dir!

Medea.
 O Vater höre mich!

Phryxus.
 Du auch hier Schlange?
 Warst du so schön und locktest du so lieblich
 Mich zu verderben hier im Todesnetz?
 Mein Herz schlug dir vertrauensvoll entgegen,
 Mein Schwert, den letzten Schutz gab ich in deine Hand
 Und du verrätst mich?

Medea.
 Nicht verriet ich dich!
 Gabst du dein Schwert mir, nimm ein andres hier
 Und wehre dich des Lebens.

(Sie hat einem der Umstehenden das Schwert entrissen
und reicht es ihm.)

Aietes (ihr das Schwert entreißend).
 Törichte!
 Vom Altar fort!

Phryxus.
 Ich bleibe!

Aietes.
 Reißt ihn weg!

Phryxus (da einige auf ihn losgehen).
 Nun denn, so muß ich sterben?—Ha, es sei!
 Doch ungerochen, klaglos fall' ich nicht.

 (Er reißt das Panier mit dem goldenen Vließ aus der Erde
und tritt damit in den Vorgrund.)

Du unbekannte Macht, die her mich führend,
 Dies Pfand der Rettung huldvoll einst mir gab
 Und (Sieg und Rache) mir dabei verhieß;
 Zu dir ruf' ich empor nun! Höre mich!
 Hab' ich den (Sieg) durch eigne Schuld verwirkt,
 Das Haupt darbietend dem Verräternetz
 Und blind dem Schicksal trauend statt mir selber
 So laß doch (Rache) wenigstens ergehn
 Und halte deines Wortes zweite Hälfte!

Aietes.
 Was zauderst du?

Phryxus.
 Aietes!

Aietes.
 Nun was noch?

Phryxus.
 Ich bin dein Gast und du verrätst mich?

Aietes.
 Mein Gast? Mein Feind.
 Was suchtest du, Fremder, in meinem Land? Tempelräuber!
 Hab' ich dir Gastrecht gelobt? dich geladen in mein Haus?
 Nichts versprach ich, Törichter!
 Verderbt durch eigne Schuld!

Phryxus.
 Damit beschönst du deine Freveltat?
 O triumphiere nicht! Tritt her zu mir!

Aietes.
 Was soll's?

Phryxus.
 Sieh dieses Banner hier, mein letztes Gut
 Die Schätze alle hast du mir geraubt
 Dies eine fehlt noch.

Aietes (darnach greifend).
 Fehlt? Wie lange noch?

Phryxus.
 Zurück! Betracht's, es ist mein letztes Gut
 Und von ihm scheidend scheid' ich von dem Leben.
 Begehrst du's?

Aietes.
 Ja!

Phryxus.
 Begehrst du's?

   Aietes

   (die Hand ausstreckend).) Gib mir es!

Phryxus.
 Nimm's hin des Gastes Gut du edler Wirt
 Sieh ich vertrau' dir's an, bewahre mir's

   (Mit erhöhter Stimme.)

Und gibst du's nicht zurücke, unbeschädigt
 Nicht mir dem Unbeschädigten zurück
 So treffe dich der Götter Donnerfluch
 Der über dem rollt, der die Treue bricht.
 Nun ist mir leicht! Nun Rache, Rache, Rache!
 Er hat mein Gut. Verwahre mir's getreu!

Aietes.
 Nimm es zurück!

Phryxus.
 Nein! Nicht um deine Krone!
 Du hast mein Gut, dir hab' ich's anvertraut
 Bewahre treu das anvertraute Gut!

Aietes (ihm das Vließ aufdrängend).
 Nimm es zurück!

Phryxus (ihm ausweichend).
 Du hast mein Gut, verwahr' es treu!
 Sonst Rache, Rache, Rache!

Aietes (ihn über die Bühne verfolgend und ihm das Banner
aufdringend).
 Nimm es, sag' ich!

  Phryxus (ausweichend).

  Ich nehm' es nicht. Verwahre mir's getreu!

  (Zur Bildsäule des Gottes empor.)

Siehst du? er hat's, ihm hab' ich's anvertraut
 Und gibt er's nicht zurück, treff' ihn dein Zorn!

Aietes.
 Nimm es zurück!

Phryxus (am Altar).
 Nein, nein!

Aietes.
 Nimm's!

Phryxus.
 Du verwahrst's!

Aietes.
 Nimms!

Phryxus.
 Nein!

Aietes.
 Nun so nimm dies!

   (Er stößt ihm das Schwert in die Brust.)

Medea.
 Halt Vater halt!

Phryxus (niedersinkend).
 Es ist zu spät!

Medea.
 Was tatst du?

Phryxus (zur Bildsäule empor).
 Siehst du's, siehst du's!

Den Gastfreund tötet er und hat sein Gut!
Der du des Gastfreunds heilig Haupt beschützest
O räche mich! Fluch dem treulosen Mann!
Ihm muß kein Freund sein und kein Kind, kein Bruder
Kein frohes Mahl—kein Labetrunk—
Was er am liebsten liebt—verderb' ihn!—
Und dieses Vließ, das jetzt in seiner Hand
Soll niederschaun auf seiner Kinder Tod!—
Er hat den Mann erschlagen, der sein Gast—
Und vorenthält—das anvertraute Gut—
Rache!—Rache!—

   (Stirbt. Lange Pause.)

Medea.
 Vater!

Aietes (zusammenschreckend).
 Was?

Medea.
 Was hast du getan!

Aietes (dem Toten das Vließ aufdringen wollend).
 Nimm es zurück!

Medea.
 Er nimmt's nicht mehr. Er ist tot!

Aietes.
 Tot!—

Medea.
 Vater! Was hast du getan! Den Gastfreund erschlagen
 Weh dir! Weh uns allen!—Hah!—
 Aufsteigt's aus den Nebeln der Unterwelt
 Drei Häupter, blut'ge Häupter
 Schlangen die Haare,
 Flammen die Blicke
 Die hohnlachenden Blicke!
 Höher! höher!—Empor steigen sie!
 Entfleischte Arme, Fackeln in Händen
 Fackeln!—Dolche!
 Horch! Sie öffnen die welken Lippen
 Sie murren, sie singen
 Heischern Gesangs:
 Wir hüten den Eid
 Wir vollstrecken den Fluch!
 Fluch dem, der den Gastfreund schlug!
 Fluch ihm, tausendfachen Fluch!
 Sie kommen, sie nahen
 Sie umschlingen mich,
 Mich, dich, uns alle!
 Weh über dich!

Aietes.
 Medea!

Medea.
Über dich, über uns!
Weh, weh!

(Sie entflieht.)

Aietes (ihr die Arme nachstreckend).
Medea! Medea! (Ende.)

Ende dieses Projekt Gutenberg Etextes Der Gastfreund, von
Franz Grillparzer.